LA PUNTILLA BABYBEACH, DEN 27. FEBRUAR 2012

Für MIKA und ANJO,

DIE AUCH ZWEI DRACHENKINDER SIND;
MIT FLÜGELN UND FLOSSEN FÜR DIE
WELTEN „DA OBEN" UND „DA UNTEN".

STEIGT AUF IN DIE HÖHEN
UND TAUCHT IN DIE TIEFE!

DA OBEN UND DA UNTEN
FINDET IHR:

VIEL GLÜCK!

ES IST SCHÖN,
DASS ES EUCH GIBT!

EUER

Volker Schmidt

Die Geschichte von Zuljas Glück

Zeichnungen:
Torben Ziemer

Die Geschichte von Zuljas Glück

© 2007 Volker Schmidt, Oldenburg

Herstellung und Verlag: Books on Demand GmbH, Norderstedt
ISBN: 978-3-8370-0947-7

Bestellung über:

Volker Schmidt

Im Drielaker Moor 4b
26135 Oldenburg

Tel: 0441 – 2 338 224

http://www.helden-leben.de

Books on Demand:

http://www.bod.de

Die Geschichte von Zuljas Glück

Für die wilden, ungezähmten, fantastischen Kinder meiner Welt:
für Janosch und Jonte und Marek, für Paula, Lilia und Frida,
für Tori und Erin, für Luca, Pepe, Arthur und Max, für Jara,
Shiva und Sora und für Maya und ihren noch ungeborenen
Bruder in seinem Kokon aus Liebe, Klang und Licht
ist dieses Märchen geschrieben.

Für all die fantastischen, ungezähmten Kinder in euren Welten,
die euch in Schwung halten und auf Trab, die euch verrückt
machen und vielleicht dadurch erst zurecht rücken.

Für alle Drachenkinder, alle Drachenväter und Drachenmütter
dieser Welt ist diese Geschichte geschrieben.

Euch allen wünsche ich:

Viel Glück!

Drei Dinge sind uns aus dem
Paradies geblieben:
die Sterne der Nacht,
die Blumen des Tages
und die Augen der Kinder.

> Dante Alighieri

Jeder, der sich die Fähigkeit
erhält, Schönes zu erkennen,
wird nie alt werden.

> Franz Kafka

Kinder müssen mit Erwachsenen
sehr viel Nachsicht haben.

> Antoine de Saint-Exupéry

Hinter deinem Fenster, weit hinter dem Regenbogen, wo das Meer so klar ist wie ein Bergkristall, liegt eine kleine Insel, die noch nie ein Mensch zuvor gesehen hat.

Die Insel mitten im weiten Meer hat einen kleinen Berg und Wälder aus Palmen und Farn.

Ringsumher liegt still der Ozean, und nach links und rechts und vorne und hinten kannst du nichts erkennen als das zwischen türkis und zyan und azurblau wechselnde Wasser und den himmelblauen Horizont, an dem in der Nacht die Sterne so hell strahlen wie an keinem anderen Ort dieser Welt.

Hoch in der Luft kreisen und kreischen unzählige schillernde Vogelschwärme. Tauben, Kormorane und Sittiche kreuzen den Himmel. Möwen jagen in Schwärmen über den Wellen. Und nahe den Wipfeln der Bäume siehst du Honigfresser, Baumsegler und Papageien.

Am Eingang seiner Höhle sitzt ein leuchtend grüner Drache und schaut wartend aufs Meer.

* * *

Am Grunde des Meeres kannst du erkennen, dass die Insel nur die Spitze eines steil aufragenden Berges ist. Hier unten beginnt der Berg. Von hier aus wächst er durch das Meer hindurch und streckt sich hinauf in die Luft.

Die Welt unter der Wasseroberfläche ist voll von bunten Fischen, Korallen und Kalmaren. Hier leben Karettschildkröten, Haie und Seepferde. Sägerochen schweben anmutig über den Grund. Fetzenfische tummeln sich im

Tang. Und von Zeit zu Zeit durchzieht ein Schwarm silberner Thunfische diesen Teil des Ozeans.

Hier unten liegt eine Grotte im Fels. Der Eingang ist von dicken Perlmuscheln besetzt.

In dieser Höhle sitzt schmunzelnd eine Wasserdrachenfrau.

Ihr Schuppenpanzer schimmert in den Farben Perlmutt und Blau. Sie sieht und hört es nicht, aber sie spürt die Schwingungen einer ganz besonderen, vertrauten Bewegung durch das Wasser zu sich herannahen.

* * *

Die Quelle jener Bewegung, die die Wasserdrachenfrau spürt, zischt gerade jetzt durch einen Schwarm fröhlicher Streifendelfine.

Das Drachenkind heißt Zulja. Sie ist ein Mädchen. Und was für eines.

Zulja taucht ab, schnurstracks, steil hinab bis an den sandigen Grund des Meeres. Dort schwimmt sie eine Schleife, und ebenso schnell schießt sie nach oben. Bis ihre Nase die Wasseroberfläche von unten berührt.

Dann spritzt das Wasser, und Zulja breitet die angelegten Flügel aus. Sie steigt hoch hinauf in den Himmel über der kleinen Insel.

* * *

Zuljas Vater, der Luftdrache, lächelt.

Seine federleichten Schuppen sind so fein, dass das Wasser ihn nach unten ziehen würde, beträte er das Meer. Er würde ertrinken.

Also wartet er freudig darauf, dass sein Kind das Meer verlässt, um gemeinsam mit ihm zu fliegen.

Er stößt sich mit einem kräftigen, gewandten Schritt vom Boden ab und folgt dem wilden Mädchen hinauf in die Wolken.

* * *

Einmal hat ein alter Schwertfisch gefragt:

„Warum steigst du immer wieder in die fremde Welt über dem Meer auf? Was willst du dort? Bleib hier bei uns!"

Zulja hat gesagt:

„Die Welt da oben ist gar nicht fremd, mein flinker Freund. Mein Vater lebt dort, und es gibt warme Winde und bunte Vögel am Himmel. Glaub mir, alter Schwertfisch, die Welt dort oben ist schön!"

Ein anderes Mal flatterte eine Papageienfrau zu Zulja und fragte sie:

„Warum stürzt du dich immer wieder freiwillig ins Meer? Was soll denn das, Kind? Du wirst doch klitschnass. Und da unten gibt es nichts als Salz und Sand und Fisch. Bleib hier bei uns an der Sonne und in der Luft!"

Zulja hat gesagt:

„Das Wasser ist kühl und rein. Und die Welt da unten ist voller Farben und weicher Formen. du kannst mir glauben, Mamagei, da unten ist es schön."

* * *

Zuljas Vater kann das Meer nicht betreten.

Zuljas Mutter kann es nicht verlassen, denn an der Luft kann sie nicht atmen.

Zulja ist im Wasser und an der Luft zuhaus, so wie die Schwalbenfische, die Kormorane und Möwen, die lächeln und nicken, wenn sie den anderen Tieren von ihren Abenteuern in der Tiefe und in den Wolken erzählt.

Und auch wenn die anderen Fische und Vögel die Dinge nicht verstehen, die sie aus den Welten „da oben" oder „da unten" berichtet, lieben sie es doch alle, ihren schillernden Geschichten zu lauschen.

Und manchmal, wenn sie erzählt aus der anderen Welt, wird der eine oder die andere sogar ein kleines bisschen neugierig auf „da unten" oder „da oben".

* * *

Eines sonnigen Tages kam ein Piratenschiff in die Nähe der kleinen Insel gesegelt.

Zulja konnte nicht erkennen, was das für ein Schiff war. Denn es kamen nur sehr selten Schiffe überhaupt in diesen Teil der Welt. Aber wir würden es erkennen, du und ich, denn am Heck des Schiffes flatterte die finstere Piratenschiffflagge im Wind.

Zulja beobachtete das Schiff von unten, wie es langsam hielt und ein kleineres Boot an seiner Seite ins Wasser glitt. Zuerst dachte Zulja, das große Schiff bekäme ein Baby. Aber dann erinnerte sie sich, dass Schiffe ja nur so etwas waren wie auf dem Wasser schwimmende Höhlen, in denen Menschen wohnten.

Zuljas Mama und ihr Vater ermahnten sie, sich von den Menschen fern zu halten.

Viele Menschen waren auf Drachen nicht gut zu sprechen. Manche, hieß es, jagten sie, weil sie Angst vor ihnen hatten. Andere fanden, dass sie Schuld wären an Stürmen und Unglücken. Das war natürlich alles erfunden.

Trotzdem waren Menschen gefährlich.

Zulja wurde neugierig, als sie sah, dass das kleinere Boot auf die Insel ihres Vaters zufuhr.

Und so stieg sie, das Boot und seine Insassen wachsam beobachtend, aus dem Wasser, um die Piraten aus sicherer Entfernung aus dem Dickicht des Waldes heraus zu beobachten.

Alle Piraten trugen Bärte und sahen ein wenig zauselig aus.

Sie schleppten eine schwere Kiste an Land und über den Strand bis zum Anfang des Waldes. Dort vergruben sie sie.

Dabei sangen sie echte Piratenlieder und tranken braunen Rum aus einer Flasche, auf der auch das Piratensymbol war.

Dann ruderten sie singend zu ihrem Schiff. Die Segel blähten sich im Wind, und sie fuhren in die Richtung zurück, aus der sie gekommen waren.

* * *

Zulja ging zu der Stelle am Waldrand und grub die Kiste wieder aus.

Da stand sie nun. Sie war leicht gewesen, als sie sie aus der Grube hob. Und so richtig tief hatten die faulen Piraten auch nicht gegraben.

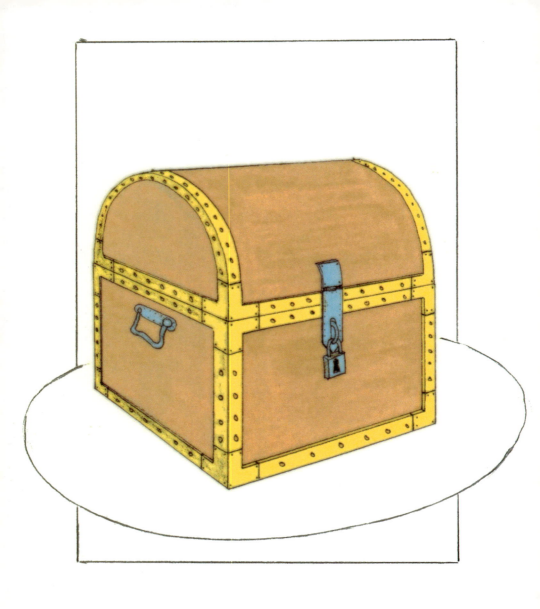

Was wohl in der Kiste drin sein mochte?

Zulja biss mit ihren scharfen Zähnen eine Ecke aus der Kiste und blickte hinein.

Die Kiste war leer.

Nein!

Dort hinten lag eine kleine, glänzende Flasche aus grünem Glas.

Zulja nahm die Flasche aus der Kiste und sah sie sich genau an. Auf diese Flasche war kein Piratensymbol geklebt.

Es war gar kein Schild daran. Aber dennoch: irgendetwas war darin.

Sie konnte nicht erkennen, was hinter dem Glas war. Sie schüttelte die Flasche und hörte ein leises, polterndes Geräusch.

Zulja biss in den Korken und zog ihn heraus.

Es zischte scharf und roch ein wenig komisch. Senfgelber Dampf stieg aus der Flasche auf.

Und dann sah sie in der Luft vor sich einen Geist mit langem, zwirbeligem Rauschebart und einem lustigen Hut auf dem Kopf.

Zulja wusste, dass es ein Flaschengeist sein musste, denn die Gestalt hatte die Form eines Menschen, war aber ganz durchscheinend und sah ein bisschen aus wie eine Wolke oder wie Wasserdunst oder Nebel.

Die Drachenmutter hatte ihr einmal ein Märchen erzählt, das sie von einer alten Schildkröte gehört hatte. Darin kam auch ein Geist vor. Aber ihre Mama hatte ihr gesagt, dass es Geister in Wirklichkeit gar nicht gibt.

Zwischen dem Bart und dem lustigen Hut hatte der Geist zwei freundliche Augen.

„Wer bist du denn?", fragte Zulja. „Ich dachte, es gibt keine Geister."

„Und ich dachte immer,", sagte der Geist, „dass es gar keine Drachen gibt. So wie es aussieht, habe ich mich getäuscht."

Das klang sehr einleuchtend.

„Ich heiße Zulja", sagte Zulja.

„Und ich heiße Samuel Sonderbar von Zausel", sagte der Geist. „Aber du darfst mich Samson nennen, wenn du willst."

„Was hast du da in der Kiste gemacht?"

„Oh, das ist eine sehr lange Geschichte", sagte Samson.

Zulja setzte sich hin und sah den Geist an.

Zulja sagte kein Wort. Aber sie sah ihn so neugierig und freundlich und beharrlich an, dass ihm schließlich nichts anderes einfiel, als ihr seine Geschichte zu erzählen.

Bis zum Abend saßen sie da, und du kannst dir vorstellen, dass es eine sehr lange Geschichte war, die Samuel Sonderbar von Zausel da erzählte. Denn es kamen fliegende Pferde, mächtige Zauberer, verzauberte Wälder, Elfen, Einhörner, ein Schatz und eine wunderschöne Prinzessin darin vor.

Als sie ihn nach den Piraten fragte, sagte er: „Oh, die habe ich wohl verschlafen. Waren sie nett?"

„Ich weiß nicht", sagte Zulja.

* * *

Als es langsam dunkel wurde, verabredeten Samson und Zulja, sich am nächsten Tag hier am Strand wieder zu sehen. Dann tauchte Zulja zurück in die Höhle zu ihrer Mama.

Zulja erzählte ihrer Drachenmutter alles, was sie erlebt hatte. Von den Piraten, von der Kiste, die sie gefunden hatte, von der Flasche und von dem Flaschengeist darin.

Sie war ein bisschen aufgeregt. Und darum brachte sie manchmal ein paar Kleinigkeiten in ihrer Geschichte durcheinander. Aber das Allermeiste berichtete sie wirklich genau so, wie es tatsächlich gewesen war.

Ihre Mama lachte oft, während sie erzählte.

Trotzdem: Irgendwie wurde Zulja das Gefühl nicht los, dass ihre Mutter ihr nicht so ganz glaubte.

* * *

Am nächsten Morgen schwamm sie wieder hinauf zum Strand. Als sie aus dem Wasser blickte, sah sie über sich ihren Vater durch die Luft fliegen. Er winkte ihr. Und sie winkte zurück.

Sie tauchte zum Strand, dann flog sie eine Schleife in den warmen Strahlen der Sonne und landete genau an der Stelle, wo die glitzernde Flasche im Sand lag.

„Hallo", sagte Samson, „da bist du ja"

Zulja nickte.

„Deine Flasche ist umgekippt", sagte sie.

„Oh ja!", antwortete er.

„Ein Krebs hat versucht, in meine Wohnung zu klettern, als ich mich gerade in der Umgebung umsah. Ich kam gerade noch rechtzeitig zurück, um ihn wieder zu vertreiben."

Zulja sah die Spuren der Krebsfüßchen rund um die schräg im Sand liegende Flasche.

Samson seufzte.

„Manche Dinge sind ganz schön kniffelig, wenn man ein Geist ist", sagte er. „Ich konnte die Krabbe ja nicht anfassen und einfach rauswerfen."

Zulja überlegte.

Dann ging sie einen Schritt auf Samson zu und streckte ihre Hand aus, um ihn am Arm zu berühren.

Tatsächlich. Sie griff durch Samson hindurch wie durch Luft.

„Was hast du gemacht?", fragte Zulja.

Jetzt grinste der Geist über das ganze Gesicht.

„Zum Glück habe ich meine Denkmütze dabei. Mit der auf dem Kopf kommt mir immer die richtige Idee."

Jetzt griff Samson durch seinen Bart in die Innentasche seiner hübsch verzierten Weste und zog daraus einen Hut hervor, der noch ulkiger war als derjenige, den er bei ihrem ersten Treffen getragen hatte.

Der Hut war ... nun, er war blau.

Als Samson ihn aufsetzte, sah es aus, als hätte der Geist sich eine enorm große, hellblaue Kokosnuss aufgestülpt.

Zulja kicherte, als der dicke Geist mit dem Zottelbart und der blauen Kokosnuss auf dem Kopf sich und seinen Lieblingshut stolz von allen Seiten zeigte.

„Na?!", fragte er, und Zulja kicherte noch mehr.

Vorne an dem Hut war ein hellrot glänzender Stein angebracht. Den fand Zulja schön. Er veränderte immer wieder seine Farbe, wurde hier heller und dort dunkler, als wäre ein rosafarbener Nebel darin.

Noch neugieriger war sie aber darauf, wie der Flaschengeist den Krebs vertrieben hatte, ohne ihn anzufassen.

Darum fragte sie nochmals: „Was hast du mit der Krabbe gemacht?"

„Jahaa!", sagte Samuel Sonderbar von Zausel. „Höre gut zu! Zuerst bin ich an dem Krabbelkrebs vorbei in die Flasche geschwebt. Ganz nach unten, wo ich viel Platz hatte. Und dann..."

Samson atmete tief ein und sprach mit dicken Backen weiter: „... habe ich tief Luft geholt und so laut und so schief gesungen, wie ich konnte."

Samson atmete ein wenig Luft aus, sog sie aber sofort wieder ein. „Willst du mal hören?"

„Lieber nicht", winkte Zulja eilig ab.

Samson pustete aus und wirkte ein wenig erleichtert und ein wenig enttäuscht dabei.

„Naja, auf jeden Fall hat der Krebs die Flucht ergriffen. Und so eilig, wie der es hatte zu verschwinden, kommt er bestimmt so schnell nicht wieder."

Samson sah zu Boden.

„Dabei ist die Flasche umgefallen. Magst du sie vielleicht wieder aufheben?"

„Klar", sagte Zulja.

Samson erklärte Zulja, dass er sich bald auf den Weg zurück in sein Heimatland machen wollte. Die Flasche, sagte er, könnte er da lassen. Die brauche er dann nicht mehr.

„Weißt du was?", fragte der Geist.

Zulja schüttelte den Kopf.

„Als ich gerade eben meine Denkmütze auf hatte, kam mir eine Idee. Und ich glaube, die Idee ist gut. Willst du sie hören?"

Zulja nickte.

„Die Denkmütze hat mir gesagt, dass du ein kluges und besonderes Mädchen bist. Aber das wusste ich schon vorher. Ich glaube, ich möchte dir, bevor ich fortfliege, gerne etwas schenken."

Zulja freute sich. Sie liebte Geschenke.

Samson sagte: „Ich schenke dir meinen größten Schatz. Doch bevor ich ihn dir gebe, stelle ich dir ein Rätsel. Wenn du das Rätsel löst, dann erhältst du den Schatz."

Zulja freute sich noch mehr. Sie liebte Rätsel. Und sie liebte Geschenke. Und natürlich liebte sie den Gedanken, einen echten Schatz geschenkt zu bekommen. Zulja begann, die Denkmütze des Geistes zu mögen.

Was dieser Schatz wohl sein mochte?

Samson erklärte: „Du hast den ganzen Tag Zeit, um die Lösung meines Rätsels heraus zu bekommen. Ich muss nämlich noch für meine lange Reise packen."

Er sah Zulja vergnügt an. „Hast du Lust?"

Zulja nickte heftig.

„Bist du bereit?"

„Na klar!", sagte Zulja.

Wie gesagt: Zulja liebte Rätsel.

Ihre Mama stellte Zulja ihre Rätselfragen am Grunde des Meeres.

Ihr Vater stellte seine Rätsel hoch in der Luft.

Zulja hatte schon viele schwierige Rätsel gelöst. Und wenn sie nicht auf die Lösung kam, hatten ihr Vater und ihre Mutter ihr oft auch die Lösung verraten. Sie merkte sich die Antworten gut. Manchmal bekam sie dieselbe Frage noch einmal gestellt, oder es kam eine ähnliche. Und dann wusste sie die Lösung bereits. Das machte sie stolz.

Zulja konnte sich kaum vorstellen, dass sie für Samsons Frage einen ganzen Tag lang grübeln müsste.

Andererseits fragte sie sich auch, was es in dieser kleinen Flasche wohl zu packen gäbe.

Dann stellte Samuel Sonderbar von Zausel seine Frage. Und tatsächlich: Zulja staunte.

Samson sprach: „Ich habe einmal gehört, dass Drachen sehr weise Wesen sind. Das war damals, als ich noch gar nicht glaubte, dass es Drachen wirklich gibt. Aber jetzt, wo ich dich kenne, glaube ich, ich weiß, wovon diese Geschichten erzählen." Er schmunzelte.

„Du bist ein liebenswertes, neugieriges und kluges Drachenmädchen", fuhr Samson fort.

„Du hast mir gestern großes Glück gebracht, weil du mich befreit hast. Ich habe mich gefreut, als du heute wieder gekommen bist. Und wenn mich nicht alles täuscht, dann fällt es auch den anderen Tieren hier sehr leicht, sich in deiner Nähe glücklich zu fühlen. Vielleicht kann ich, wenn du mein Rätsel löst, sogar ein wenig über mich selbst lernen."

Zulja fand, dass der Geist diesmal sehr viel redete. Sie hoffte, dass er endlich zu seiner großen Rätselfrage kommen würde.

Trotzdem fühle sie sich ein bisschen geschmeichelt davon, dass der Geist sie so sehr mochte.

Samuel Sonderbar von Zausel machte eine Pause. Sie merkte, dass er sie ansah.

Als er fortfuhr, klang seine Stimme geheimnisvoll und mystisch. Er sprach jetzt ganz leise.

Er sagte: „Dies ist das Rätsel, für das ich dir meinen größten Schatz geben will. Finde die Antwort, und ich schenke ihn dir."

Dann räusperte er sich und stellte seine Frage: „Sage mir, Zulja: Was genau ist Glück?"

Samson entschuldigte sich, dass er noch so viel einzuräumen und zu verstauen habe. Er stopfte seine Denkmütze zurück in die Westentasche und verschwand rubbeldiekatz in seiner Flasche.

Zulja setzte sich in den Sand und überlegte.

* * *

Bei den Rätseln ihres Vaters gab es immer einen kleinen Trick.

Die Rätsel ihrer Mama hatten immer irgendwie mit ihr selbst zu tun.

Zulja ahnte, dass dieses Rätsel auch wie eines ihrer Mutter war. Und wie eines ihres Vaters.

Sie fragte sich, wo diesmal der Trick lag.

Sie genoss die Wärme der Sonne und beschloss, zu ihrem Vater zu fliegen.

Der grün glitzernde Luftdrache kam gerade von einem weiten Flug über das Meer zurück.

Zulja stieg auf zu ihm und landete mit eingezogenen Krallen auf seinem Rücken.

Ihr Vater zog die Stirn kraus, aber er lachte dabei.

„Hallo Sturmwindkind!", begrüßte er sie.

Seine Stimme klang tief und klar zugleich, so als würden Sonne und Wolken und Donner gemeinsam aus ihm spreche. „Wo kommst du her? Wo fliegst du hin?"

Sie erzählte die ganze Geschichte, die sie am Abend vorher ihrer Mama erzählt hatte.

Diesmal brachte sie ein paar andere Stellen ein bisschen durcheinander. Aber das meiste stimmte immer noch. Der Luftdrache grinste sie freundlich und ein bisschen schelmisch an.

Er fragte sie: „Na, wo wohnt denn dein Geist?"

„Komm!", rief sie. Sie sprang von seinen Schultern über seinen Kopf herunter nach vorn und flog hinab zum Strand.

„Wo willst du hin?", rief er ihr nach. Zulja fand, dass das eine komische Frage war.

Als sie im Sand neben der Kiste standen, nahm Zuljas Vater die Flasche in die Hand und sah tief hinein.

„Hallo, Herr Geist, sind Sie zuhause?", fragte er. Dabei sprach er besonders höflich und leise.

Dann hielt er die Flasche vor sich, schaute in die Luft darüber und sagte: „Aah!"

Er lächelte breit. „Guten Tag, lieber Geist. Ich freue mich, dich kennen zu lernen."

Zulja sah ihren Vater an.

„Da ist gar keiner", sagte sie.

„Oh", machte der Drache.

Der Flaschengeist war nicht zuhause.

Zulja ärgerte sich ein bisschen darüber, dass ihr Vater sie nicht ernst nahm. Sie freute sich zwar auch, dass er mit ihr spielen wollte, aber sie fand, dies war nicht die richtige Zeit dafür.

„Papa?", fragte Zulja, „Was ist Glück?"

Der Drachenmann sah herunter zu ihr und stellte die Flasche wieder zu Boden. „Hmmm", machte er und zupfte sich an einem seiner Ohrbüschel.

Zulja guckte ihm zu, wie er zuerst in den Himmel und dann zum Berg, zum Wald und zu ihren Fußabdrücken im Sand sah.

Dann sagte er:

„Weißt du, Zulja, Glück ist die Weite des Himmels und der Ort, an dem du zuhause bist. Glück ist, dass wir Spuren hinterlassen. Verstehst du?"

Zulja verstand nicht, was er meinte. Aber sie wollte es sich nicht anmerken lassen.

„Mhmm", nickte sie.

Dann breitete ihr Vater seine Flügel aus und stieg wieder hinauf in den Himmel.

Sie schaute ihm nach. Und dann drückte sie ganz vorsichtig ihren Fuß in den Sand. Sie hob ihn hoch und betrachtete den Abdruck ihres Fußes und ihrer Krallen unter sich.

Der Sand kitzelte zwischen ihren Zehen. Und das sollte glücklich machen?

Manchmal hatte ihr Vater sonderbare Ideen.

* * *

Zulja wusste nicht, wohin. Darum blieb sie noch eine Weile am Strand sitzen. Zwischen ihren Fußabdrücken und denen ihres Vaters entdeckte sie einen kleinen Krebs, der gerade auf die Flasche des Geistes zulief.

„He Krabbe!", rief sie, „Was ist Glück?"

Die Krabbe schreckte zusammen. Sie hielt an und versuchte, das Drachenmädchen zu fixieren. Dabei schwenkten ihre Augen zwischen Zulja und der grün glitzernden Glasflasche hin und her.

Schließlich richtete sie eines ihrer zwei Augen hierhin und das andere dorthin.

Sie zischelte hektisch: „Was? Wer bist du? Warum hältst du mich auf? Siehst du nicht, dass ich chwer bechäftigt bin?"

„Entschuldige!", antwortete Zulja. „Ich suche nach der Lösung eines wichtigen Rätsels. Kannst du mir vielleicht helfen?"

Die Krabbenaugen wechselten ihre Position. Jetzt blickten sie überkreuz zu ihr und zu der Flasche.

„Chon gut, chon gut!", murmelte der kleine Krebs nun etwas freundlicher. Seine Beine trippelten unruhig auf der Stelle hin und her.

„Aber mach chnell. Ich bin chließlich nicht zum Chpaß hier. Was willst du wissen?"

„Weißt du, was Glück ist?", fragte Zulja.

Die Krabbe hob empört beide Scheren.

„Was Glück ist, willst du wissen? Was für eine chnöde Frage. Chau: Mein Glück ist es, dass ich als Allererster diese chöne Flache dort aufgechpürt habe. Die chnapp ich mir chnell, und dann werde ich dort allein einziehen und es mir chön gemütlich machen. Dann habe ich ein rundum verglastes Haus. Ein echtes Chtrand-Chalet. Das hat sonst keiner im ganzen Chelf. Und darum muss ich weiter, bevor ein anderer Krebs diese chöne Flache entdeckt."

Jetzt wanderten seine Stielaugen wieder hektisch hin und her. Dann blickten beide Augen zur Flasche, zu ihr herüber und hinauf zur Sonne am Himmel.

Die Krabbe rief: „Oh Chreck! Chon so chpät? Oh, wie die Chtunden vergehen! Tcha, chade, chade, aber ich muss rach weiter, das verchtehst du bechtimmt!"

Ohne ein weiteres Wort ließ sie Zulja stehen und rannte chnurstracks ... (Entschuldigung) ... schnurstracks weiter auf sein Ziel zu.

Zulja wollte ihn noch warnen, aber der Krebs lief so schnell weiter, dass er gar kein Ohr für sie hatte.

Er hatte nur Augen für die Flasche.

Als Zulja in die Luft sprang und langsam höher flog, hörte sie vom Strand her schauderbare Geräusche, die dumpf aus dem Hals der Flasche kamen.

* * *

Hoch über der Insel begegnete Zulja einer Schar Möwen, die eifrig plaudernd das Meer absuchten.

Das Gewimmel aus Vögeln erschien Zulja wie ein heilloses Durcheinander. Hunderte von weißen und grauen Möwen flogen auf und ab, kreuz und quer, über- und untereinander.

Die Tiere flatterten wild mit den Flügeln, die Schnäbel stets nach unten gewandt. Dann, für einige Augenblicke, schienen sie schwerelos über dem Meer zu schweben und aufmerksam die Welt unter den Wellen zu beobachten.

Einzelne Möwen lösten sich aus dem Schwarm, legten die Flügel eng an und stießen hinab in das Wasser.

Die Vögel krächzten und schrieen und kreischten wild durcheinander. Manche von ihnen lachten wirr. Dann wieder klang das schrille „Hey! Hey! Hey!" wie ein einziger, ungestümer Rhythmus über die See.

„Hallo Möwen!", rief Zulja. Sie musste laut rufen, damit die Möwen sie bemerkten.

„Wisst ihr, was Glück ist?"

Zulja tauchte in den Schwarm ein, und plötzlich, für einen einzigen, kurzen Moment lang, schienen alle Schnäbel zu schweigen.

„Glück?", fragte eine der Möwen zurück.

„Glück?", fragte eine andere.

Und auch schräg hinter sich hörte sie eine Möwe fragen: „Glück?"

„Fisch ist Glück!", krähte ein Vogel rechts über ihr.

„Fisch ist Glück!", rief jemand schräg links unter ihr.

„Fisch!", hörte sie nun von vor sich und hinter sich zugleich.

„Ja!", schrie die erste Möwe nun. Oder war es ein anderes Tier gewesen? „Ja!"

Schließlich kreischten sie alle gemeinsam, von oben und unten und nah und fern.

„Fisch!"   „Fisch!"

„F i s c h !"

„Fisch!"   „Fisch!"

„Fisch!"   „Fisch!"

Dann stürzten sie alle nacheinander und durcheinander und aneinander vorbei hinunter ins Meer, tauchten ab und kamen mit vollen Schnäbeln wieder hervor.

Die Möwen, die nichts gefangen hatten, versuchten, den Geschickteren von ihnen ihre Fische wegzunehmen.

„Möwen sind komisch", dachte Zulja.

Dann, plötzlich und unerwartet sah Zulja, wie sich unter dem Geflatter der Möwen eine Insel aus Wasser aus dem Ozean erhob.

* * *

Das Wasser türmte sich zu einem leichten Hügel über den Wellen. Dann floss es seitwärts zurück ins Meer.

Die Vögel stoben zur Seite und gaben den Blick auf die Insel frei.

Unter sich entdeckte Zulja den pockigen Rücken eines mächtigen Buckelwals, der aus der Tiefe zum Atmen auftauchte.

Sie flog näher an das Tier heran, als eine dicke Fontäne aus seinem Blasloch oben auf seinem Kopf spritzte.

Zulja setzte sich auf den Rücken des Wals.

„Hallo, Meister Muschelbart", sagte sie.

Und Meister Muschelbart grüßte sie freundlich zurück.

„Kannst du mir vielleicht sagen, was Glück ist?"

Der Buckelwal drehte sich auf die Seite, so dass Zulja ein wenig klettern musste, um über dem Wasser zu bleiben.

Sie saß nun direkt neben dem linken Auge des Wals, der sie freundlich lächelnd ansah.

Dann lachte der Wal.

Buckelwale sind, das weißt du vielleicht, uralte Wesen, die schon seit Millionen von Jahren in den Meeren leben.

Buckelwale durchschwimmen die Ozeane der ganzen Welt und sammeln die Geschichten der Tiere, die sie auf ihren Reisen treffen. Wenn zwei Buckelwale einander begegnen, dann erzählen sie sich die Geschichten von Fischen, Vögeln und Seeanemonen. Sie kennen Geschichten von den Küsten und aus der Tiefsee. Sie kennen Muschelgeschichten, Seeschlangengeschichten, Haigeschichten, Nixengeschichten und Korallengeschichten.

Sie kennen Geschichten von versunkenen Schiffen und solchen, die über den Wassern fliegen, von freundlichen und unfreundlichen Tieren, Menschen und Fabelwesen.

Darum ist es nicht ganz leicht, einen Buckelwal zu beeindrucken. Sie haben so viel von der Welt gesehen, so viel von ihr gehört, dass sie vielleicht zu den klügsten und weisesten Tieren unseres Planeten gehören.

Dieses kleine Drachenmädchen aber hatte mit seiner Frage den alten Wal erfreut. Er lachte.

„Du willst wissen, was Glück ist?", fragte er. „Das kann ich dir zeigen."

Dann drehte er sich wieder auf seinen Bauch, und Zulja kletterte zurück auf seinen Rücken hinter das Blasloch.

Zulja hörte, wie Meister Muschelbart tief einatmete. Sein ganzer Körper dehnte sich, als er die salzige Luft in sich einsog.

„Halt dich gut fest!", ermahnte er sie.

Der Wal neigte seinen Kopf und begann, sich mit ihr auf seinem Rücken vorwärts, abwärts sinken zu lassen. Auch Zulja machte sich ganz flach. Eine Welle schwappte über sie hinweg.

Gemeinsam tauchten sie ab, und auf dem Meer zurück blieb nichts als eine dünne Schicht aus weißem Schaum.

Immer tiefer tauchte der Wal. Zulja hielt sich fest, denn Muschelbarts Kurs ging steil bergab.

Je weiter sie die Oberfläche des Ozeans hinter sich ließen, umso weniger Licht drang von der Sonne noch zu ihnen herunter.

„Wo schwimmen wir hin?", fragte Zulja.

„Hab Geduld!", antwortete der Wal.

Das Licht wurde fahl und dämmerig. Einzelne Lichtstrahlen stießen noch an ihnen vorbei. Und schließlich wurde es vollkommen dunkel.

Zulja hatte schon viele Seiten der See kennen gelernt, doch so tief wie heute war sie bislang noch nie getaucht.

Kein Strahl von der Sonne drang noch zu ihnen herab. Sie fragte sich, was Meister Muschelbart ihr in dieser Finsternis wohl zeigen wollte. Sie schaute sich um in der nachtschwarzen See. Und dann sah sie es.

Vor ihnen erschien ein hellblau leuchtender Punkt in der Dunkelheit. Er verschwand wieder.

Neben ihm blitze ein zweiter Punkt auf und verging.

Der Wal und das Drachenmädchen tauchten noch weiter hinab.

Je dunkler es wurde, umso mehr leuchtende Punkte erschienen um den Buckelwal und das Drachenmädchen herum.

Nach einer kurzen Weile war es, als flögen sie durch einen Himmel voller bunt schillernder und pulsierender Sterne.

Hier, in der Tiefe der See, wo es scheinbar nur Finsternis und Schwärze gab, hatte das Meer seinen funkelndsten Schatz versteckt.

Zulja schwamm vom Rücken des Wals herunter und schoss durch die Tiefsee. Die Lichter stoben davon, wenn sie ihren Kurs kreuzte.

Sie kam aus dem Staunen nicht heraus. Die bunten Sterne umschwammen sie. Einzelne Flecken, weiß wie winzige Sonnen, Schwärme aus rotem Leuchten und hellem Blau und Tupfen aus Orange, die unentwegt anschwollen und wieder verblassten.

Dann schwamm sie wieder vor das Gesicht des riesigen Tiers.

„Und?", fragte Meister Muschelbart, „Ist das nicht ein Glück?"

Zulja brauchte eine Weile, bevor sie antworten konnte. So schön war das Schauspiel, das sie und das riesige Säugetier umgab.

„Oh ja!", freute sie sich.

Und dann dachte sie: „Ja, es ist wirklich ein Glück, hier in der Tiefe zu schwimmen und diese Schönheit zu kennen."

Aber war dies auch das Glück, das der Flaschengeist meinte? Das wusste sie nicht.

Gemeinsam mit dem Wal verließ sie die Tiefsee, denn es wurde Zeit, nach Hause zurück zu kehren.

Auf ihrem Weg zurück kamen sie an einer Herde leuchtender Quallen vorbei.

„Setz mich hier ab", rief sie ihrem Begleiter zu. „Hab Dank, Meister Muschelbart! So etwas Schönes wie heute habe ich noch nie gesehen. Hab Dank für dieses wunderbare Geheimnis."

Zulja strich dem alten Wal noch einmal über den riesigen Kopf. „Komm bald wieder!", sagte sie, „Und grüße die Tintenfische von mir."

Meister Muschelbart setzte sie sanft ab und tauchte zurück zur Oberfläche.

* * *

Alles um die Quallen herum war in weißblaues Licht gehüllt. War das dasselbe Licht, das sie in der Tiefe gesehen hatte? Nein, dieses Licht war anders. Es war weniger hell, dafür sanfter und irgendwie weicher.

Sie konnte keine einzelne Lichtquelle ausmachen. Es war, als wäre das Meer selbst um die Quallen herum von Licht durchflutet. Alles war in sanftes, helles Blau und Weiß getaucht.

Zulja kannte diesen Teil des Meeres. Und sie kannte die Quallen. Sie hatte sie schon oft aus der Ferne beobachtet.

Doch jetzt, als sie dem Schwarm ganz nahe kam, hörte sie etwas, das sie vorher noch nie gehört hatte.

Die Quallen sangen.

Sie sangen sehr leise in hellen, hauchdünnen Stimmen ein einziges, gemeinsames Lied von Freude und Schönheit und ... ... und Glück!

Die Quallen sangen:

/ Yej Yehehejj /
/ Ihr roten Korallen /
/ Ihr schimmernden Quallen /
/ Tanzt mit uns und singt mit uns /

Zulja lauschte fasziniert. Die Stimmen der einzelnen Quallen waren so leise, dass sie sehr genau hinhören musste, um sie zu verstehen.

/ Yej Yehehejj /
/ Wir wollen den Augen /
/ Des Meeres gefallen /
/ Singt mit uns und tanzt mit uns /

Die Quallen blähten ihre schillernden Schirme auf und klappten sie wieder zusammen. So schwammen sie voran.

/ Yehehejja /
/ Wir leben, wir leben /
/ Im Glück der Gemeinschaft /
/ Wir singen niemals nicht allein /

/ Yej Yehehejj /
/ Wir schaffen, wir schaffen /
/ Was keine allein schafft /
/ Zusammen, zusammen und niemals allein /

Und während die einen Quallen den Text sangen, sangen andere einzig immer wieder:

/ Yej Yehehejj /
/ Yehehejja /

Zulja wollte die Quallen fragen, was genau sie mit ihrem Lied meinten. Was genau das Glück der Gemeinschaft war.

Aber keine Qualle in der ganzen Schar schien ihre Frage zu hören. Sie sangen einfach weiter:

/ Yej Yehehejj /
/ Yehehejja /

So begleitete das Drachenmädchen den Schwarm. Dabei lauschte sie dem Gesang der Quallen. Sie merkte, wie das hohe, helle Singen sie fröhlich machte.

Tief in ihr drin fühlte sie sich ganz leicht. Es war, als würde ihr Körper ganz von allein mit den Quallen zusammen singen.

/ Wir schaffen, wir schaffen /
/ Was keine allein schafft /
/ Yej Yehehejj ... /

Zulja fühlte sich beschwingt und frei. Sie verstand nicht genau, wovon die Quallen sangen, aber es gab ihr ein schönes Gefühl, mit ihnen gemeinsam durchs Meer zu treiben.

Sie hätte noch stundenlang treiben und singen können. Doch dann sah sie das Riff, das neben der Grotte ihrer Mutter lag. Beinahe wäre sie daran vorbei geschwommen.

Sie verabschiedete sich freundlich und schwamm zu ihrer Drachenmama in die Höhle zurück.

Die Quallen sangen:

/Yej Yehehejj/
/Yehehejja/

* * *

Sie kam gerade in dem Moment nach Hause, als ihre Mutter anfing, sich zu fragen, wo sie wohl so lange steckte. Dann sah die Drachenmutter ihr Kind.

Sie breitete ihre Arme aus, und Zulja schwamm hinein. Sie war aufgewühlt und begeistert von dem Tag, der hinter ihr lag.

Ganz außer Atem rief sie: „Mama! Ich finde gerade heraus, was das Glück ist!"

Die Drachenmama drückte Zulja an sich.

Und dann erzählte Zulja alles, was ihr an diesem Tag passiert war. Von dem Geist und der Krabbe und den Möwen. Von der Reise mit Meister Muschelbart und dem Lied der Leuchtquallen.

Zuljas Mama hörte ihr zu. Sie lachte oft und laut. Besonders lange lachte sie, als Zulja ihr das Lied der Quallen vorsang und dabei mit Armen, Beinen und Flügeln die Bewegungen der Quallenherde nachmachte.

Dann sagte sie: „Was für eine wunderschöne Geschichte. Jetzt ist es aber höchste Zeit, ins Bett zu gehen, meine Abenteurerin! Es ist spät, mein Schatz. Und morgen ist ein neuer Tag für neue Geschichten."

Zulja war erschöpft. Ja, das war ein langer Tag voller Wunder und Abenteuer gewesen.

Sie umarmte ihre Mutter und gähnte dabei mit weit offenem Drachenmund. Sie fühlte sich so müde, dass sie auf der Stelle hätte einschlafen können.

Doch dann erinnerte sie sich daran, was der Flaschengeist gesagt hatte: Dass er noch heute abreisen wollte. Und dass sie darum noch an diesem Tag wiederkommen sollte, um ihm ihre Antwort zu sagen.

Sie konnte jetzt noch nicht schlafen gehen.

Sie musste noch einmal hinauftauchen zum Strand, um Samson von ihrer Reise zu berichten. Und um ihm zu sagen, was sie herausgefunden hatte.

Nur: Was hatte sie eigentlich herausgefunden?

Sie hatte die Krabbe gefragt und die Möwen und den Wal. Aber jeder von ihnen hatte ihr etwas völlig Unterschiedliches gesagt. Sie mochte das Lied der Quallen. Aber sie hatte nicht mit ihnen sprechen können. Und die Antwort ihres Vaters verstand sie noch immer nicht.

Wenn sie sich an alles richtig erinnerte, dann war Glück am Himmel und in der Tiefsee. Glück lag darin, alleine zu wohnen und zusammen zu singen und Fußabdrücke in den Sand zu machen.

Zulja verstand nicht, was diese Dinge mit einander zu tun hatten. Was davon war das Glück, von dem Samson gesprochen hatte? Was konnte sie dem Flaschengeist sagen? Was, wenn er meinte, ihre Antwort sei falsch?

Zulja erklärte ihrer Mama, dass sie noch ein einziges Mal heute zum Strand hinauf schwimmen müsse.

Zulja bettelte diesmal nicht. Sie sah ihre Drachenmutter nur an und lächelte dabei. Manchmal war Zulja einfach so.

Und Zuljas Mama erlaubte es ihr.
So war Zuljas Mama manchmal.

Sie drehte sich zum Ausgang und breitete ihre Flügel aus. Sie hatte ihre Nase schon aus dem Höhlenausgang heraus gestreckt. Da hielt sie noch einmal an.

„Ach, Mama?", fragte sie. „Was kannst du mir über das Glück sagen?"

Die Drachenmutter sah ihr Kind an und lächelte. Dabei zog sie wie immer ihre Nasenspitze in lustige Falten.

Sie sagte: „Du bist mein großes Glück, kleine Zulja! Das weite Meer ist mein Glück und die Freude um jeden Morgen. Verstehst du?"

„Ja", sagte Zulja.

In Wirklichkeit war die Antwort ihrer Mutter genauso komisch wie die ihres Vaters. Oder anders. Nur genauso unverständlich. Aber das mochte sie ihrer Mama nicht sagen. Außerdem wollte sie zurück zum Strand.

* * *

Zulja schwamm an der steilen Felswand entlang nach oben. Sie brauchte nicht lange, bis sie am Strand und bei Samsons Flasche war.

Neben dem glänzenden Glas saß der Krebs vom Vormittag und lugte sie an. Er sprang auf, reckte die Scheren in die Luft und rief:

„Verchwinde! Das ist meine Fl...
ach, du bist das!"

Im nächsten Moment stieg mintgrüner Dampf aus der Flasche auf, und Samuel Sonderbar von Zausel schwebte vor ihr in der Luft.

„Hallo, meine werte Drachendame", sagte er sehr höflich. „Ich freue mich, dass du kommst! Ich habe gerade meine Reisegarderobe angelegt und wollte nun nach dir schauen."

Zulja stellte fest, dass der Nebel tatsächlich schon wieder eine andere Farbe hatte. Aber vor allen Dingen war der Hut, den Samson jetzt trug, anders als jeder seiner Hüte vorher.

Das Hut-Ungetüm auf seinem Kopf war rund und gelb und rot und grün, und er war wirklich, wirklich riesengroß. An seiner Krempe hingen lauter kleine Bommel herunter, die lustig im Wind hin und her schaukelten.

„Wozu brauchte ein Geist in einer Flasche nur so viele Hüte?", grübelte sie.

Er zwirbelte seinen langen Bart um einen Finger und rückte den neuen lustigen Hut auf seinem Kopf zurecht. Der Bart unter seiner knolligen Nase bog sich fröhlich nach oben.

„Und?", fragte er, „Was hast du über das Glück gelernt?"

Sie sah ihn an und dachte noch einmal an all die Dinge, die sie an diesem Tag erlebt und gehört und gesehen hatte.

Zulja kamen Zweifel. Sie wusste nicht, was sie antworten sollte. Sie hatte so viele Abenteuer erlebt an diesem Tag, aber die Lösung für Samsons Rätsel hatte sie nicht gefunden.

Wenn sie jetzt die falsche Antwort gab, dann würde Samson seinen Schatz mitnehmen.

Zulja sagte: „Ich habe von den Möwen gelernt, dass ein satter Bauch manchmal das größte Glück der Welt sein kann. Und dass es viel Spaß machen kann, das, was man will, zu jagen und zu fangen.

Vom alten Buckelwal habe ich gelernt, dass manche Dinge in der Welt so schön sind, dass man sich schon glücklich fühlt, wenn man sie nur ansieht. Und dass du an ungewohnten Orten suchen musst, bevor du sie findest.

Die Quallen haben mir ein Lied davon gesungen, wie schön es ist, gemeinsam zu reisen. Davon, wie viel mehr wir zusammen können als alleine. Und davon, wie gut es tut, zu singen."

Zulja dachte an die merkwürdigen Antworten, die ihre Eltern ihr gegeben hatten. Eigentlich, überlegte sie, waren sie nicht viel sonderbarer als das, was sie von den Anderen gehört und gesehen hatte.

Außer Meister Muschelbart natürlich. Die Reise mit ihm in die Tiefsee war ein echtes Erlebnis gewesen.

Zulja erklärte: „Meine Mutter sagt, ich bin ihr Glück und das Meer und der Morgen. Und mein Vater ist überzeugt, dass das Glück im weiten Himmel liegt und da, wo du zuhause bist. Und dass es ihn glücklich macht, wenn er seine Füße in den Sand drückt."

Dann erst bemerkte sie den kleinen Krebs, der gerade um ihre Füße herumlief.

Sie nahm ihn auf ihre Hand und sprach ihn direkt an: „Genau, kleine Krabbe, und von dir habe ich gelernt, wie wichtig ein sicheres und schönes Zuhause ist, in dem du dich wohlfühlst. Und dass es gut ist, ein wenig Geduld mitzubringen, wenn dir etwas wirklich, wirklich wichtig ist."

Die Krabbe krabbelte an den Rand ihrer Hand und schielte in das Innere der Flasche.

Zulja sah den Flaschengeist an.

„Du hast sehr viel gelernt an diesem Tag", stimmte Samson zu. „Also: kannst du mir auch sagen, was das Glück für mich sein kann?"

Zulja antwortete: „Das Glück der Krabbe ist deine Flasche. Nicht wahr?" Sie schaute die Krabbe auf ihrem Handteller an. Leise flüsterte sie ihr zu: „Bald gehört sie dir!"

Dann sagte sie: „Und für die Möwen ist Fisch das Glück. Mein größtes Glück ist es, mit meiner Mutter durch die Meere zu schwimmen und mit meinem Drachenvater durch die Luft zu fliegen. Mit den Quallen zu singen ist mein Glück und auf Buckelwalen zu reiten."

Zulja freute sich, an all die schönen Dinge zu denken, die sie gerne hatte.

Zum Geist sagte sie: „Glück ist für jeden hier etwas ganz Verschiedenes. Was dein Glück ist, lieber Geist, das weiß ich darum nicht."

Samuel Sonderbar von Zausel machte: „Hm."

Er legte seinen Reise-Hut zur Seite und zog noch einmal die blaue Kokosnuss-Denkmütze hervor.

Dann machte er ein etwas längeres „Hmmm." und nickte Zulja lächelnd zu.

Er antwortete: „Die vor mir liegende Reise ist mein Glück. Meine beachtliche Sammlung lustiger Hüte für jeden Tag ist mein Glück. Und meine tolle Denkmütze, mit der ich immer die richtigen Ideen habe."

Samson klopfte sich auf den Hut und lachte.

„Und du bist auch mein Glück, denn du hast mich befreit aus der Flasche. Du hast mir gezeigt, dass es wirklich echte Drachen gibt."

Er hob einen Zeigefinger hoch, als wollte er etwas sehr Wichtiges sagen.

Samson sprach: „Von dir, teure Drachendame, werde ich noch lange erzählen können, wenn ich wieder daheim bin. Darüber freue ich mich besonders. Denn stets eine gute Geschichte parat zu haben, das ist auch ein echtes Glück."

Und dann sagte er: „Ich danke dir sehr, liebe Zulja. Und natürlich werde ich dir für deine Antwort jetzt meinen Schatz geben."

Samson tauchte kopfüber ab in seine Flasche. Etwas klapperte leise in ihrem Inneren. Dann kam der Geist wieder hervor, und in seiner Hand hielt er einen in der Sonne glitzernden, weiß und golden schimmernden Stein.

„Dies ist ein ganz besonderer Stein", sagte er. "Darum war er mein Schatz und soll von nun an der deine sein. Nimm ihn und halte ihn an dein Herz, wenn du dir Glück und Freude wünscht. Du merkst sicher bald, was in ihm drin steckt!"

Dann verabschiedeten sie sich voneinander.

„Viel Glück!", wünschte Samson ihr.
„Viel Glück!", sagte Zulja.

Sie sah ihm zu, wie er sich auf die Reise machte.

Er zog einen großen Koffer aus dem dünnen Flaschenhals, der ebenso wolkig und durchsichtig war wie er selbst.

Dann zog er einen zweiten Koffer hervor, der ein kleines bisschen größer war als der erste.

Als nächstes führte er ein durchsichtiges, weiß und braun geflecktes Pferd aus der Flasche, zog zwei Eimer mit Getreide und Wasser hervor und zu guter Letzt eine kleine Kutsche, die er hinter das Pferd spannte, während es fraß.

Zulja zögerte. Sie hatte versprochen, schnell wieder zurück nach Hause zu kommen. Aber sie wusste auch, dass ihre Mutter ihr Abenteuer bestimmt bis zum Ende hören wollte.

Darum blieb sie am Strand und schaute zu, wie der Geist all seine Habe auf die Kutsche lud, sein Pferd antrieb und noch lange winkend in seinem Geistergefährt in den Abendhimmel hinein ritt.

Zurück blieb nur die grün glänzende Flasche, in der sie bereits die Krabbe erkennen konnte, die dabei war, sich in ihr häuslich einzurichten.

Sie betrachtete ihre Fußstapfen im Sand.

In ihrer Hand spürte Zulja den verzauberten Kristall. Sie sah ihn sich an.

Ganz warm ums Herz wurde ihr dabei.

Und dann, auf einmal, wusste sie, was in dem Stein war.

„Viel Glück!", sagte sie.

„Viel Glück!"